AF234439

INSTITUT DE FRANCE

ACADÉMIE FRANÇAISE

INAUGURATION DU MONUMENT

ÉLEVÉ A

PIERRE CORNEILLE

A PARIS

Le dimanche 27 mai 1906

PARIS

TYPOGRAPHIE DE FIRMIN-DIDOT ET Cⁱᵉ

IMPRIMEURS DE L'INSTITUT DE FRANCE, RUE JACOB, 56

M D CCCC VI

INSTITUT.
1906. — 10.

INSTITUT DE FRANCE

ACADÉMIE FRANÇAISE

INAUGURATION DU MONUMENT

ÉLEVÉ A

PIERRE CORNEILLE

A PARIS

Le dimanche 27 mai 1906

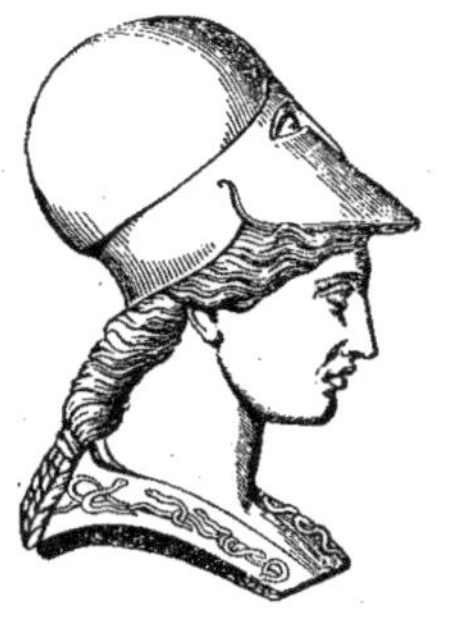

PARIS

TYPOGRAPHIE DE FIRMIN-DIDOT ET Cie

IMPRIMEURS DE L'INSTITUT DE FRANCE, RUE JACOB, 56

M D CCCC VII

INSTITUT.
1906. — 10.

DISCOURS

DE

M. ÉMILE FAGUET

AU NOM DE L'ACADÉMIE FRANÇAISE

———

Messieurs,

L'Académie française ne pouvait se dispenser d'apporter son hommage au pied de ce monument consacré à celui de ses membres qui est le plus assuré d'être immortel. Elle le pouvait d'autant moins qu'elle n'est pas sans lui devoir quelque réparation; qu'elle a peut-être à se reprocher de l'avoir accueilli deux ou trois années plus tard qu'il ne fallait; que Corneille, à sa porte, a failli attendre; que l'Académie a quelque temps, à l'égard de Corneille, obéi un peu plus, par trop de respect, aux instigations posthumes de son illustre fondateur qu'aux ordres qu'elle doit recevoir du public lettré; et qu'enfin, dans le tribut qu'elle apporte aujourd'hui à ce grand homme, elle ne doit pas se dissimuler qu'il entre un peu d'amende honorable.

C'est avec vénération, c'est avec amour, c'est avec piété qu'elle s'incline devant cet homme qui est devenu une des religions de la France.

Elle se dit, avec un étonnement qu'éprouvent toutes les générations successives, qui n'a fait que s'accroître à travers trois siècles, qui s'accroîtra encore, que Pierre Corneille, ce n'est pas seulement tout le théâtre français, puisque toutes les formes du poème dramatique ont été renouvelées par lui et par lui portées à leur perfection, de telle sorte que tout auteur dramatique digne de ce nom est toujours un imitateur plus ou moins conscient de l'auteur du *Cid*, du *Menteur* et de *Don Sanche;* mais que Corneille est encore, qu'il est surtout, l'âme même de la France, « l'âme idéaliste de la France », comme a dit un des nôtres, cette âme faite d'éternelle espérance, d'héroïsme obstiné, de fierté vaillante, de raffinement même dans le sentiment de l'honneur; et ici le raffinement n'est ni à blâmer, ni à railler, ni à craindre; car le devoir, et c'est ce que celui-ci a bien compris, consiste à faire plus que son devoir.

Corneille est le premier qui ait dit, bien avant un autre, dont l'enseignement, plus mêlé, est un peu moins sûr, « qu'il faut vivre dangereusement » et que « l'homme est un être qui est fait pour se surpasser ».

Il faut vivre dangereusement. Corneille nous l'apprend par tous ses héros qui semblent ne pouvoir vivre pleinement que dans la lutte, l'énergie hardiment déployée, la grande tâche acceptée, désirée, cherchée, inventée, si elle

n'est pas, embrassée avec ivresse, si elle s'offre. Il faut
vivre dangereusement, parce que c'est le danger qui a créé
l'humanité, parce que c'est à cause des périls qui l'envi-
ronnaient que l'homme s'est comme emparé de toutes ses
puissances et a tiré de lui tout ce qui y était et pour ainsi
dire tout ce qui n'y était pas, tant il s'est élevé au-dessus
de la chétive et misérable origine, d'où le grand Dessein
universel avait voulu qu'il partît. — Il faut vivre dangereusement, parce que c'est le danger qui, fortifiant les
forts et affaiblissant les faibles, marque réellement au
front les vrais élus et indique à l'humanité ceux qu'elle
doit honorer, qu'elle doit imiter et qu'elle doit suivre.

Et aussi « l'homme est un être qui est fait pour se surpasser ». Le plus pur de Corneille est dans cette grande
parole. C'est lui qui, plus fortement que tout autre au
monde, nous a dit que la lutte contre nous-mêmes est la
condition même de notre vie et la condition même de
notre bonheur vrai ; que l'indépendance est le plus grand
des biens ; mais qu'il faut faire attention à ceci que l'indépendance consiste d'abord à ne pas dépendre de soi-
même ; que nous ne devons pas nous obéir ; que nous
devons nous élever au-dessus de nous ; qu'il n'y a pas de
plus grandes ni de plus vives jouissances que celles de la
volonté et que la volonté consiste à n'avoir plus qu'un
désir qui est de combattre le désir et à n'avoir plus qu'une
passion qui est de maîtriser les passions.

« Être maître de soi », mot qui a perdu presque tout
son sens pour avoir été trop employé et souvent par gens
qui n'étaient point pour le comprendre ; mot merveilleux
pour qui le prend dans toute son étendue ; être maître de

soi, ne pas permettre qu'en notre maison spirituelle ce soient nos domestiques qui nous gouvernent : passions, désirs, ressentiments, rancunes, petites ambitions et petites vanités ; mais gouverner ce monde-là et le faire taire ; et régner sur tout ce qui est nous, ou prétend l'être, dans un grand silence par où se marque l'autorité du maître occupé à sa tâche et ne s'en laissant pas divertir.

« Se surpasser », c'est-à-dire, non point, comme a dit Montaigne en se jouant, prétendre faire « la poignée plus grande que le poing et la brassée plus grande que le bras » ; mais dépasser tout ce qui en nous nous rapetisse, dépasser tout ce qui en nous est ce qu'à l'ordinaire nous croyons être nous ; aller jusqu'aux dernières limites de ce que nous pouvons être et de ce que nous n'imaginions pas que nous pussions devenir ; voilà ce qui est se surpasser. Se surpasser, c'est se remplir : puisque aussi bien se remplir c'est surpasser infiniment le peu que nous sommes quand nous n'avons pas pris conscience et pris maîtrise de toutes nos puissances.

Et c'est à cette conscience que sans cesse Corneille fait appel, et c'est cette maîtrise que sans cesse Corneille nous indique comme étant notre devoir même. Corneille a inventé la religion de la volonté. A ce titre il fut un des esprits les plus religieux, il fut une des âmes les plus divines de l'humanité.

Le pays ne s'y est pas trompé, puisque dans la langue qu'il parle il a créé un mot qui fait de Corneille le synonyme même d'héroïque. « Voilà un mot cornélien ; voilà un acte cornélien », quand nous disons cela, nous proclamons familièrement, privément, la gloire de Corneille plus que toutes les statues, sans vouloir en médire, plus que tous les monuments ne pourraient faire. C'est ici le plus grand honneur qu'un homme puisse atteindre : laisser son nom dans la langue de son pays avec une signification telle que ce qu'il y a de plus élevé et de meilleur dans l'âme humaine ne se puisse exprimer que par ce mot.

Qu'il ait sa statue, cependant; car il n'est qu'excellent que pour un tel homme se multiplient les différentes formes d'hommage et les différentes formes de reconnaissance.

Qu'il ait sa statue, enfin, dans ce Paris qu'il a aimé, où il a aimé, où il a souffert, où il est mort, chargé de gloire, plein d'années et peut-être de trop d'années; où, lui, né un jour de printemps, comme un Dieu de la lumière, il est mort un jour d'automne, mélancolique et attristé, en voyant tomber lentement les premières feuilles, comme tombent les larmes et comme tombent les palmes.

Qu'il ait sa statue, dressée, ce qui lui eût été agréable et ce qui nous plaît, par les soins d'une initiative toute privée, toute spontanée, tout individuelle et par la main savante d'un artiste qui a le culte de la volonté et le sentiment de la grandeur.

Qu'il ait sa statue sur cette colline sainte de Paris, sur cette acropole intellectuelle qui depuis sept cents ans a vu se presser, frémissant du désir de chercher le vrai et de goûter le beau, les foules toujours renouvelées des adorateurs de la pensée.

Qu'il ait sa statue sur ce sol consacré aux grands hommes envers qui la Patrie doit se montrer reconnaissante, et que son image, éternellement, enseigne aux hommes qui passent le culte de ce qui ne passe pas et de ce qui fait que l'homme peut regarder, sans en être humilié ou attristé, le ciel infini.

DISCOURS

DE

M. JULES CLARETIE

AU NOM DE LA COMÉDIE-FRANÇAISE ET DE LA SOCIÉTÉ
DES AUTEURS DRAMATIQUES

DIT PAR M. SILVAIN, SOCIÉTAIRE DE LA COMÉDIE-FRANÇAISE

MESSIEURS,

Salut à Corneille !

C'est véritablement le Père ! Le Père de notre théâtre,
le Père de notre héroïsme, le noble instigateur des dévoue-
ments et des fiertés, le poète du devoir, le poète du sacri-
fice, le poète de l'honneur, le poète de la Patrie !

Salut à Corneille, au nom de la Maison de Molière dont
il fut l'hôte et dont il demeure la gloire ! Salut à Corneille,
au nom du grand Molière lui-même, qui lui demanda des
vers de tendresse lorsque le douloureux Alceste voulut
charmer Psyché par la voix de l'Amour ! Salut à Corneille,
au nom des générations dont il a, depuis trois cents ans,

fait battre les cœurs et frémir les âmes ! Salut à Corneille, au nom de la Comédie-Française !

La France a l'âme cornélienne. Elle vibre aux mots de loyauté et de courage, et depuis le cimier de Rodrigue jusqu'au cor d'Hernani, elle a acclamé les poètes qui se sont faits les apôtres de l'honneur. Un conquérant fameux, devenu empereur, disait du vieux bourgeois de Rouen : « S'il eût vécu de mon temps, je l'aurais fait prince ! » Corneille, conquérant lui-même, conquérant dont les conquêtes restent intactes et sans lendemains amers, Corneille est plus que prince, et si Napoléon lui eût offert un duché, comme à d'autres, il eût pu répondre : « Je suis duc de *Polyeucte* et prince du *Cid !* »

Salut à Corneille ! Aux heures de doute, il est notre conseiller de devoir. Aux heures de danger, il fut celui qui nous dit : Haut les cœurs ! Aux héros écrasés par la force, son *Qu'il mourût !* cria ce qu'il leur restait à faire. Et courant à la frontière, la France, en 92, emportant son *Horace* et sa *Médée* dans sa giberne, a répété fièrement la parole cornélienne : « *Moi seule, et c'est assez !* »

Salut à Corneille ! On a tout dit sur le poète. Nous n'avions qu'à le célébrer, à le saluer, à le faire revivre. Et que dis-je ? revivre ! Il est aussi vivant pour ceux qui l'écoutent que pour les contemporains qui le connurent. Horace, Cinna, Pauline, Polyeucte, Camille, Émilie, Nicomède, le vieillard du *Menteur* semblent à ces générations nouvelles qui les voient passer sur le théâtre des personnages plus rapprochés de nous que certains vivants qui ne sont que de pâles fantômes. Corneille est immortel, Corneille est éternel. Son œuvre, c'est un marbre grec ou plutôt un bronze romain, où palpite l'âme française!

Voyez-vous ce bon bourgeois normand qui, sur le chemin, à la porte de sa ferme de Petit-Couronne, monte sur une pierre afin de grimper sur sa mule pour se rendre à Rouen? Les gens du pays le saluent. Ils le saluent moins bas que le saluera l'avenir. Ce bonhomme si simple est un grand homme incomparable. Il a enrichi la littérature d'impérissables œuvres. Il a ennobli l'humanité.

Aussi bien ce salut que donne à Pierre Corneille l'administrateur de la Comédie, au nom de la Comédie, il le donne aussi au nom de la Société des Auteurs dramatiques, qui l'a prié, qui l'a chargé — et ce lui est un honneur — d'ajouter son hommage à celui qui est le grand aïeul, le fier ancêtre du théâtre, le don Diègue de la scène française, un don Diègue qui n'a jamais laissé tomber son épée de bataille.

Et dans l'ovation que fait le Paris de 1906 à l'image de Corneille, il est bon de rappeler les témoignages que rendaient au héros d'aujourd'hui ceux qui coudoyèrent, à la butte des Moulins, rue d'Argenteuil, ou dans les vieilles ruelles de Rouen, le bonhomme Corneille : Rotrou, qui le saluait comme le maître; Racine, qui s'inclinait devant le grand rival; Mme de Sévigné, qui, comme la postérité même écrivait, s'écriait : « Vive notre vieil ami Corneille ! »

Oui, vive le vieil ami des grandes journées, des grandes décisions, des grandes fièvres et des grands devoirs! Vive celui qui vivra tant que durera la littérature de notre cher et noble pays !

Salut à Corneille, au nom de sa gloire passée, au nom
de sa gloire à venir! Salut à Corneille, au nom de la
Comédie-Française et au nom des Auteurs dramatiques
de France! Salut à Corneille, au nom de ces têtes blondes
que domine sa tête grise, au nom de ces enfants dont son
verbe fera des hommes! Salut à Corneille, au nom du
Théâtre, qu'il a glorifié! Et gloire à Corneille, au nom de
la France!

Paris. — Typ. de Firmin-Didot et Cⁱᵉ, imprimeurs de l'Institut, 56, rue Jacob. — 46190.

9 782019 312893